現代歌人シリーズ
12

きみを嫌いな奴はクズだよ

木下龍也
Tatsuya Kinoshita

書肆侃侃房

きみを嫌いな奴はクズだよ＊目次

装幀　佐々木俊

きみを嫌いな奴はクズだよ

旧作の夜

三毛猫が春の小道を横切って僕のデジャヴに加担している

ハイウェイの玉突き事故の配色が虹で巡査もほほえむ真昼

できたての事故車の横を通過する画廊の客のような僕たち

自転車に乗れない春はもう来ない乗らない春を重ねるだけだ

トンネルを抜け出る僕の目がくらむ隙にふたたび配色される

オレンジの一本足を曲げられてカーブミラーは空を映した

車椅子の女の靴の純白をエレベーターが開くまで見る

後ろ手にゴミを隠してゴミ箱の回収作業が終わるまで待つ

悪人も悪人なりのめでたしで終わる話でありますように

ゆるやかな傾斜に水が細長く奪われてゆくようなはじまり

銀幕を膀胱破裂寸前の影が一枚ゆらゆらとゆく

試着室から出て来ない恋人をいつまでも壁越しに見つめる

僕用の墓だと思う地下駐車場に車を眠らせるとき

覗き穴越しの夕暮れ穴底にいるのは僕か配達員か

旧作に収録された新作の予告も既に旧作の夜

有名税

サラ・ジェシカ・パーカーさんが三叉路でサラとジェシカとパーカーになる

アルフォート工場勤務二十年上級天使キャメロン・ディアス

赤青黄緑橙茶紫桃黒柳徹子の部屋着

炎天の千手観音握手会まんなかの手に客が集まる

二階堂ふみと四階堂ふみふみと六階堂ふみふみふみ

わたくしは零時の鐘で赤式部・青式部に分かれてしまうの

YAH YAH YAH 殴りに行けば YAH YAH YAH 殴り返しに来る笠地蔵

ブラジャーを漁師が海に撒いているきっと人魚のためなんだろう

すみませんピンクイエロー産休のため三人でお相手します

やめてくれおれはドラえもんになんかなりたくなぼくドラえもんです

十二枚切りのしょくぱんまん空を飛ぶとき顔が風に屈する

あの虹を無視したら撃てあの虹に立ち止まったら撃つなゴジラを

ひとりで踊れ

ついてきてほしかったのに夢の門はひとり通ると崩れてしまう

くらいくらいおなかのなかで目を閉じて母の思考の川を見ていた

みずうみの光の膜の治癒力を平たい石で何度もためす

ああサラダボウルにレタスレタスレタス終わらないんだもうねむいのに

Googleの昼寝によって新着のニュースの欄に寝言がならぶ

真夜中の耳でとらえるシルバニアファミリー邸のベッドのきしみ

僕は僕へ蜂を送ったいつまでも夢のなかにはいられないから

夢のなかでは近視です　はなびらのひとつひとつがてのひらでした

視聴者にこれは夢だと気付かれた夢の製作者は殺される

家もまた家族の夢を見るだろう無人の床に降り積もる四季

きみを嫌いな奴はクズだよ

天界のリストラにより大量に焼却処分される羽と輪

「神様にやめとけよって言われたろ、子どもってすぐマジになるから」

山火事は好きかいアダムよく見てろ燃え残る木でイブが寝ている

天使に声変わりはない　少年はそう告げられて喉を焼き切る

死神の死角で眠れ弟よ愛と吸入器は忘れるな

エマージェンシーブレーキが作動してアダムとイブを轢き殺せない

あとがきにぼくを嫌いな奴はクズだよと書き足すイエス・キリスト

罰という電車を待ったこの罪はどこまで行ける切符だろうか

（ユ／カ）レテイル（セ／シャ）カイ（サ／ボ）クラガ（フリ／シニ）
オエテかみさまのてはじゃぐちをひねる

バッドエンドのための海辺の小屋に来てなぜか照らされている金槌

無色の虹

ペン立ての錆びた鋏にほほえめばこんばんは思考警察の者です

「たすけて」は認識されずGoogleは「マツタケ」のWikipediaを映す

ナニモカンガエテハナラナイ思考計画書を提出しない限りは

ザ・ファースト・クリボー無限回の死を忘れて無限回の出撃

負けたとき私が何と戦っていたのか君も知ることになる

こんばんはこの繁殖は違法ですただちにそれを抜いてください

あれ、あれと呼べない距離に近づいて、これ、ぼろぼろのこれは、こどもだ

後藤氏が壁にGOTOと書いた日の翌朝ぼくが付け足すHEAVEN

さいるいだんだんだんだんだだんもうだれも思い出さない顔は壊れる

戦争が両目に届く両耳に届く時間を与えられずに

すまないが静かに死んでくれないか総理が夢の入口にいる

戦場を覆う大きな手はなくて君は小さな手で目を覆う

ひらがなのさくせんしれいしょがとどくさいねんしょうのへいしのために

ぼくは最年少の兵士だったキスは済ませたが恋は知らなかった

一行に友人の名と死がならぶとき友人は死のむこうがわ

モザイクのぼくは友人Kとなり「わかりません」とソプラノで言う

ぼくなんかが生きながらえてなぜきみが死ぬのだろうか火に落ちる雪

少女らはスカートのまま戦場を越える無色の虹を渡って

ぼくたちが核ミサイルを見上げる日どうせ死ぬのに後ずさりして

砂浜にH・E・Lまで書いてLを付け足し力尽きよう

ではOの到着次第速やかにHELLをHELLOにして浮上せよ

理想の墜落場所

雨の降る絵に降る雨をやり過ごす高架下ああこれも絵になる

もうずっと泣いてる空を癒そうとあなたが選ぶ花柄の傘

別れから逆算すればぼくたちにいくつの冬が必要だろう

最近は仕事ばかりで真昼間の庭の匂いに包まれてない

ここにいてここにはいない読書家をここに連行するためのキス

それぞれに中心を持つぼくたちはひとつの円のふりをしていた

羽のあるあなたは地図で確かめる冬の理想の墜落場所を

必要以上に破られないためのバンドエイドの箱の点線

ひとりならこんなに孤独ではないよ水槽で水道水を飼う

死に終えた電池のように明確な拒絶でぼくを安心させて

ゆうぐれの森に溺れる無数の木　つよく愛したほうがくるしむ

だけだものあなたにはぼくだけだものだけだものぼくだけけだものだ

飛ぶ鳥の腹を見ながら花を踏む縦の視界のせまいぼくらは

雨というバックバンドを連れてきたあなたの口が動きはじめる

夏になればとあなたは言った夏になればすべてがうまくいくかのように

次に会う理由としては頼りない冬の終わりに貸したセーター

小道具の月

風のはじまりを止めようとして差し出した右手で風をはじめてしまう

釣り人は堤防に立ち冬の日の海と陸地の結び目になる

リクルートスーツでゆれる幽霊は死亡理由をはきはきしゃべる

おおあおう（桃太郎）ああ夕暮れの紙芝居師の全歯欠損

いくつもの風の手足を木材に釘で打ち込む冬の棟梁

虹　土葬された金魚は見ているか地中に埋まるもう半輪を

燃える馬があなたの町へ駆けてゆくぼくはしっぽを摑み損ねる

みずうみがはじめてうつす銃弾はあなたが鳥へ放ったものだ

数珠・聖書・仏・十字架・神・御札こちら信仰回収車です

手放した火に守られていたことを青い鴉に囲まれて知る

茶畑の案山子の首は奪われて月の光のなかの十字架

小道具の月にだまされ海岸の走者一斉に歩行者となる

雲の待合室

独白もきっと会話になるだろう世界の声をすべて拾えば

長文のメールに「はい。」とだけ返すのがたのしくてひとりぼっちだ

ぼくの目に飛び込んでくるはずだった虫がレンズに跳ね返される

ダンボール一箱分を配り終え通行人に興味をなくす

「いきますか」「ええ、そろそろ」と雨粒は雲の待合室を出てゆく

信号に分断されるぼく／たちのぼくだけ逃す最終電車

うつくしい名前をもらいそれ以外なにももらえず死ぬ子どもたち

恋人を鮫に食われた斎藤が破産するまでフカヒレを食う

幽霊になりたてだからドアや壁すり抜けるときおめめ閉じちゃう

夏の墓地、愛する者を失った者特有の手の洗い方

キャサリンはバスのいちばん後ろから世界を支配する女の子

木にキスをする少年の唇が木の唇の位置を定める

全方位春ゆうぐれの公園でブルーシートのおもりとなれば

近すぎてぼくらはきっと出会えないまゆげとなみだみたいなものだ

筆圧を最弱にして一枚のティッシュに十一桁を並べる

両耳に水が入ってどちらかに傾くことをためらう月夜

風の午後『完全自殺マニュアル』の延滞者ふと返却に来る

僕の身体はきっと君にふれるためだけにある

君という特殊部隊が突き破る施錠してない僕の扉を

全身が急所のシャボン玉を追う全身が凶器の君と僕

なかゆびに君の匂いが残ってるような気がする雨の三叉路

路地裏でわたがし味の君の指ふくめばとぎれとぎれのひかり

好きだって言うより先に抱きしめた　言葉はいつも少し遅れる

立てるかい　君が背負っているものを君ごと背負うこともできるよ

君からの手紙はいつも届かない切手を猫に舐めさせるから

空が傘を見せてほしくて落とす水のようなキスに君は応じる

君とゆく道は曲がっていてほしい安易に先が見えないように

冬、僕はゆっくりひとつずつ燃やす君を離れて枯れた言葉を

六角形の回廊

2m前を死因が通過して、颪、ポケットの切符をさわる

蛾は降車できずにここで死ぬだろう蛍光灯に罪は問えない

瘦身の祖母にもたれる弟の夏が終わりに傾いてゆく

絵日記に降る雨がみな空中で静止している妹の夏

友だちをまぶたの裏にはりつけて点滴中もあそぶ少年

病院の六角形の回廊の五周目祖母の着替えが終わる

少女からもらった白い煎餅の裏面に桜海老の孤独死

花瓶　その花の終わりにふさわしくまたうつくしいお墓でしたね

火葬場の煙が午後に溶けてゆく麻痺することが強くなること

吊り橋の途中の板の欠落のように昼間のバスはなかった

雪を着る墓の匿名性を手で払って祖父を探す夕方

おまえを忘れない

欠席のはずの佐藤が校庭を横切っている何か背負って

あとがき

お墓の代わりに買った中古車は水没してもしばらくは見つからないような深い青
サイドミラーのなかを歩いている君がどんどん大きくなっていく
デジタル時計はいつのまにかぶっ壊れていて31時59分
これからどこへ行けばいい　ぼくらはどこへ行けばいい
どこへ行けば　どこにも行かなくていいと思えるだろう

君はどうしようもない馬鹿だった　あなたはどうしようもない馬鹿だった
君からは生の匂いがしなかった　あなたからは死の匂いがした
だから君をつれて行くことにした　だからあなたについて行くことにした
海の近くの駐車場　カーナビの取扱説明書の表紙と背表紙を裂いて
あなたは遺書を書こうと言った

表紙の裏の白を見る　書くべきことがたくさんあった
背表紙の表の白を見る　書くべきことはなにもなかった
ダッシュボードのボールペンは死んでいてコンビニまで戻るのはめんどうで
まっ白なままの表紙の裏は折り畳んでサンバイザーに挟んだ
まっ白なままの背表紙の表は丸めてバックシートに投げた

底から引き揚げられた車は
夢見るように海水をこぼしながらクレーンに吊られている
あの深い青は失われていて　だけどそれがとても似合っていた
ここは天国じゃない　天国以外に行くあてはなかったはずなのにな
デジタル時計はずっとぶっ壊れていて　99時99分で時の積み重ねをやめてしまった

２０１６年３月１日

木下龍也

【Special Thanks】

尾崎世界観さま

佐々木俊さま

穂村弘さま

加藤治郎さま

東直子さま

田中ましろさま

岡野大嗣さま

田島安江さま

黒木留実さま

書肆侃侃房のみなさま

そして、ここまでお読みくださったみなさま

■著者略歴

木下 龍也（きのした・たつや）

1988年１月12日、山口県生まれ。

2011年より短歌をつくり始め、新聞歌壇、雑誌、Twitter、短歌×写真のフリーペーパー「うたらば」などに投稿を始める。

2012年に第41回全国短歌大会大会賞受賞。

2013年に第一歌集『つむじ風、ここにあります』（新鋭短歌シリーズ１／書肆侃侃房）を上梓。

結成当日解散型ユニット「何らかの歌詠みたち」で飯田彩乃、飯田和馬、岡野大嗣とともに短歌朗読イベントを不定期に開催している。

本とホラー映画が好きで生魚としいたけが嫌い。

Twitter：@kino112

「現代歌人シリーズ」ホームページ　http://www.shintanka.com/gendai

現代歌人シリーズ12
きみを嫌いな奴はクズだよ

二〇一六年五月三日　第一刷発行
二〇一六年六月二十日　第二刷発行

著者　木下 龍也
発行者　田島 安江
発行所　書肆侃侃房（しょしかんかんぼう）
〒八一〇・〇〇四一
福岡市中央区大名二・八・十八・五〇一
（システムクリエート内）
TEL：〇九二・七三五・二八〇二
FAX：〇九二・七三五・二七九二
http://www.kankanbou.com　info@kankanbou.com

DTP　黒木 留実（書肆侃侃房）
印刷・製本　アロー印刷株式会社

ISBN978-4-86385-222-8　C0092

現代歌人シリーズ

現代歌人シリーズ　既刊

現代短歌とは何か。前衛短歌を継走するニューウェーブからポスト・ニューウェーブ、さらに、まだ名づけられていない世代まで、現代短歌は確かに生き続けている。彼らはいま、何を考え、どこに向かおうとしているのか……。このシリーズは、縁あって出会った現代歌人による「詩歌の未来」のための饗宴である。

1. 海、悲歌、夏の雫など　千葉 聡
海は海　唇噛んでダッシュする少年がいてもいなくても海
四六判変形／並製／144ページ
定価：本体 1,900 円＋税　ISBN978-4-86385-178-8

---

2. 耳ふたひら　松村由利子
耳ふたひら海へ流しにゆく月夜　鯨のうたを聞かせんとして
四六判変形並製／160ページ
定価：本体 2,000 円＋税　ISBN978-4-86385-179-5

---

3. 念力ろまん　笹 公人
雨ふれば人魚が駄菓子をくれた日を語りてくれしパナマ帽の祖父
四六判変形／並製／176ページ
定価：本体 2,100 円＋税　ISBN978-4-86385-183-2

---

4. モーヴ色のあめふる　佐藤弓生
ふる雨にこころ打たるるよろこびを知らぬみずうみ皮膚をもたねば
四六判変形／並製／160ページ
定価：本体 2,000 円＋税　ISBN978-4-86385-187-0

---

5. ビットとデシベル　フラワーしげる
おれか　おれはおまえの存在しない弟だ　ルルとパブロンでできた獣だ
四六判変形／並製／176ページ
定価：本体 2,100 円＋税　ISBN978-4-86385-190-0

---

6. 暮れてゆくバッハ　岡井 隆
言の葉の上を這いずり回るとも一語さへ蝶に化けぬ今宵は
四六判変形／並製／176ページ（カラー16ページ）
定価：本体 2,200 円＋税　ISBN978-4-86385-192-4

---

7. 光のひび　駒田晶子
なかなかに引き抜きにくい釘抜けぬままぬけぬけと都市の明るし
四六判変形／並製／144ページ
定価：本体 1,900 円＋税 ISBN978-4-86385-204-4

---

8. 昼の夢の終わり　江戸 雪
いちはやく秋だと気づき手術台のような坂道ひとりでくだる
四六判変形／並製／160ページ
定価：本体 2,000 円＋税　ISBN978-4-86385-205-1

---

9. 忘却のための試論
Un essai pour l'oubli

吉田隼人

ぺるそな　を
しづかにはづし
ひためんの
われにふくなる
崖のしほかぜ

四六判変形／並製／144ページ
定価：本体 1,900 円＋税
ISBN978-4-86385-207-5

10. かわいい海とかわいくない海 end.

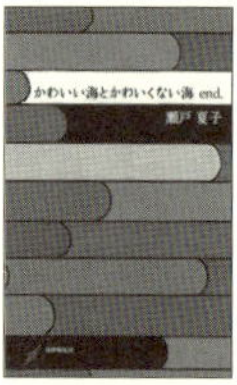

瀬戸夏子

恋よりも
もっと次第に
飢えていくきみは
どんな遺書より
素敵だ

四六判変形／並製／144ページ
定価：本体 1,900 円＋税
ISBN978-4-86385-212-9

11. 雨《ふ》る

渡辺松男

ああ大地は
かくも音なく
列をなす
蟻を殺してゐる
大西日

四六判変形／並製／176ページ
定価：本体 2,100 円＋税
ISBN978-4-86385-218-1

以下続刊